シリーズ 詩はきみのそばにいる❹

きみの心が つながりたいとき、詩は……

日本児童文学者協会＋
ポプラ社編集部 編

ポプラ社

シリーズ

詩はきみのそばにいる❹

きみの心が
つながりたいとき、
詩は……

もくじ

1 詩はきみに生まれる

こ・こ・から　覚《かく》 和歌子《わかこ》……10

素朴《そぼく》な琴《こと》　八木重吉《やぎじゅうきち》……12

し　ひろかわさえこ……14

魔法《まほう》のことば　～イヌイットの口承詩《こうしょうし》
／金関寿夫《かなせきひさお》・訳《やく》……16

たいよう　石津《いしづ》ちひろ……18

私の詩は世界への私の手紙
エミリー・ディキンスン／水崎野里子《みずさきのりこ》・訳《やく》……20

うたよ！　まど・みちお……22

薔薇《ばら》二曲　北原白秋《きたはらはくしゅう》……26

あなたは誰《だれ》だ　ラビンドラナート・タゴール
／山室《やまむろ》 静《しずか》・訳《やく》……28

ことば　三島慶子《みしまけいこ》……30

さびしいわたし　――俳句《はいく》六句《く》……32

流れ星　最果《さいはて》タヒ……34

言葉は　谷川俊太郎《たにかわしゅんたろう》……36

あいたくて　工藤直子《くどうなおこ》……40

いのちのバトン　尾崎美紀《おざきみき》……42

2 詩はきみを連れさる

やぎさん ゆうびん まど・みちお …… 46
馬のうた 室生犀星《むろうさいせい》 …… 48
届《とど》かないもの ——短歌三首 …… 50
かわ 神沢利子《かんざわとしこ》 …… 52
低空 三角《みすみ》みづ紀《き》 …… 54
夕焼け 黒田三郎《くろださぶろう》 …… 60
とげとげ 野田沙織《のださおり》 …… 62
眠《ねむ》りの誘《さそ》い 立原道造《たちはらみちぞう》 …… 64
この子のかわいさ ～静岡県《しずおかけん》の子守唄《こもりうた》 …… 66
お父さんガンバレ！ ——コウテイペンギンのこども
木坂《きさか》 涼《りょう》 …… 68
永訣《えいけつ》の朝 宮沢賢治《みやざわけんじ》 …… 72
人には 二番ホキありっこねえ
羽曽部《はそべ》 忠《ただし》 …… 78
骨《ほね》の雪 文月悠光《ふづきゆみ》 …… 82
アイダ君へ 宇部京子《うべきょうこ》 …… 86
みせさきで 矢崎節夫《やざきせつお》 …… 88

3 詩はきみを変える

愛されたい。 糸井重里《いといしげさと》 …… 92
胸《むね》のどきどきと くちびるのふるえと
国分一太郎《こくぶんいちたろう》 …… 94
しかられた神さま 川崎《かわさき》 洋《ひろし》 …… 98

人間の誇《ほこ》は ——短歌三首 違星北斗《いぼしほくと》 …… 100
水の匂《にお》い 阪田寛夫《さかたひろお》 …… 102
夕焼け売り 齋藤《さいとう》 貢《みつぐ》 …… 106
野の花 ——イラクの子どもたちに——
菊永《きくなが》 謙《ゆずる》 …… 110
君死にたもうことなかれ
（旅順《りょじゅん》の攻囲軍《こういぐん》にある弟宗七《そうしち》を歎《なげ》きて） 与謝野晶子《よさのあきこ》 …… 114
八月十五日 間中《まなか》ケイ子《こ》 …… 118
花 石牟礼道子《いしむれみちこ》 …… 120
平和の琉歌《りゅうか》 桑田佳祐《くわたけいすけ》 …… 122
鳥 谷萩弘人《やはぎひろんど》 …… 126
花のうた ハリール・ジブラーン
／神谷美恵子《かみやみえこ》・訳《やく》 …… 128
喜《よろこ》び ナ・テジュ／黒河星子《くろかわせいこ》・訳《やく》 …… 132
生命《いのち》は 吉野《よしの》 弘《ひろし》 …… 134
地球はラジオ・グリーン 寮《りょう》 美千子《みちこ》 …… 138
おおきな木 島田陽子《しまだようこ》 …… 142

4 詩はきみにかける

きらきら星 ～フランス曲／武鹿悦子《ぶしかえつこ》・作詞《さくし》 …… 146
あした 山中利子《やまなかとしこ》 …… 148
朝やけ 江口《えぐち》あけみ …… 150
歩く 三谷恵子《みたにけいこ》 …… 152

さんぽ　中川李枝子《なかがわりえこ》……154
あり　白根厚子《しらねあつこ》……158
マスクしたまま——短歌三首　俵《たわら》　万智《まち》……160
何にでもなれる　坂本京子《さかもときょうこ》……162
六月　茨木《いばらぎ》のり子《こ》……164
わたしが死ななければならないのなら
リフアト・アルアライール
／松下新土《まつしたしんど》、増渕愛子《ますぶちあいこ》・訳《やく》……166
このみち　金子《かねこ》みすゞ（ず）……170
紙ひこうき　やなせたかし……172
365日の紙飛行機　秋元《あきもと》　康《やすし》……174
青空の階段《かいだん》　藤《ふじ》　真知子《まちこ》……180
なまえ　内田麟太郎《うちだりんたろう》……184

詩を書こう　詩はあなたを知っています　文月悠光《ふづきゆみ》……188
解説《かいせつ》　詩って何？　藤本《ふじもと》　恵《めぐみ》……190
この本に出てくる詩人たち……194
出典一覧《いちらん》……200
作品さくいん……206
詩人・訳者《やくしゃ》さくいん……210

○本シリーズでは、古典から現代《げんだい》の詩までをはばひろく取り上げ、俳句《はいく》・短歌をのぞく詩は、現代《げんだい》のかなづかいに改めて掲載《けいさい》しています。また、旧字体《きゅうじたい》も新字体に改め、編集部《へんしゅうぶ》で適宜《てきぎ》ふりがなをつけました。

1 詩はきみに生まれる

――百年という歳月《さいげつ》をこえて――

（ラビンドラナート・タゴール／山室《やまむろ》 静《しずか》・訳《やく》
「あなたは誰《だれ》だ」より）

こ・こ・から

覚《かく》 和《わ》歌《か》子《こ》

こと　こと　たたく
はじめは　ことば
ことほぐために
うまれたことば

ころ　ころ　ころと
ことばを　やどし
ころがる　こころ
はじけて　ひかる

から　から　からに
こころを　やどし
からっぽ　からだ
おんがく　みちる

●ことほぐ…　祝う。

素《そ》朴《ぼく》な琴《こと》

この明るさのなかへ
ひとつの素《そ》朴《ぼく》な琴《こと》をおけば
秋の美くしさに耐《た》えかね
琴《こと》はしずかに鳴りいだすだろう

八《や》木《ぎ》重《じゅう》吉《きち》

●素朴《そぼく》な…飾《かざ》り気《け》がなくて、ありのままのこと。

し

ひろかわさえこ

こころが
うたいだしたら
ながくても
みじかくても
ことばは
し

魔《ま》法《ほう》のことば

〜イヌイットの口承詩《こうしょうし》／金関寿夫《かなせきひさお》・訳《やく》

ずっと、ずっと大昔
人と動物がともにこの世に住んでいたとき
なりたいと思えば人が動物になれたし
動物が人にもなれた。
だから時には人だったり、時には動物だったり、互《たが》いに区別は
　なかったのだ。
そしてみんながおなじことばをしゃべっていた。

その時ことばは、みな魔法《まほう》のことばで、
人の頭は、不思議な力をもっていた。
ぐうぜん口をついて出たことばが
不思議な結果をおこすことがあった。
ことばは急に生命《いのち》をもちだし
人が望んだことがほんとにおこった——
したいことを、ただ口に出して言えばよかった。
なぜそんなことができたのか
だれにも説明できなかった。
世界はただ、そういうふうになっていたのだ。

たいよう

石《いし》津《づ》ちひろ

たいようが
そらのたかみで
かろやかな
こえをあげる
ほらみて
ぼくのからだが
〈ういたよ〉

たいようが
そらのたかみで
ほがらかに
くちずさむ
ほらきいて
ぼくのうたう
〈よいうた〉

●たかみ…高いところ。

私の詩は世界への私の手紙

エミリー・ディキンスン／水崎野里子《みずさきのりこ》・訳《やく》

私の詩は世界への私の手紙
私には手紙をくれた事のない世界への――
優《やさ》しく威厳《いげん》に満ちて
自然が語った素朴《そぼく》なニュース――

自然のメッセージは
私には見えない手に委ねられている――
自然を愛しているのなら――優《やさ》しい――読者よ――
私を厳《きび》しく裁《さば》かないで下さい

●威厳《いげん》… 立派《りっぱ》で重みがあるようす。
●素朴《そぼく》な… 飾《かざ》り気《け》がなくて、ありのままのこと。
●委ねられている… こちらからは何もせずに、まかせられている。
●裁《さば》かない… いいとか悪いとかを決めない。

うたよ！

まど・みちお

大むかしの　水に
しぜんに生き物たちが生まれでたように

生き物たちの　いのちに
しぜんに　ゆめが　生まれでて

ゆめには
しぜんに　こえが　生まれでて

こえには
しぜんに　ことばが　生まれでて

その　うれしさの　あまり
かなしさの　あまり
とある日に　ことばから
しぜんに　うたが　生まれでたのか

思いださせてくれないか
だれも　わすれた
その　はじめの日のことを…

うたよ！
サナギから　生まれでた
チョウチョウのように
まぶしい　しぜんよ！

薔《ば》薇《ら》二曲

北原白秋《きたはらはくしゅう》

一

薔《ば》薇《ら》ノ木ニ
薔《ば》薇《ら》ノ花サク。

ナニゴトノ不思議ナケレド。

二

薔薇《ばら》ノ花。
ナニゴトノ不思議ナケレド。
照リ極マレバ木ヨリコボルル。
光リコボルル。

●照リ極マレバ…　これ以上ないほど光れば。

あなたは誰《だれ》だ

ラビンドラナート・タゴール／山室《やまむろ》　静《しずか》・訳《やく》

あなたは誰《だれ》だ、私の詩をこれから百年後に読んでいる読者よ
私はこの春の富の中のただ一つの花、彼方《かなた》の雲の黄金のただの一筋《ひとすじ》をも君に送ることができない
君の扉口《とびらぐち》をひらいて外を見たまえ
花咲《さ》いている君の庭から、百年前に消えた花の香ばしい思い出を集めたまえ

君の心の喜《よろこ》びの中で、ひょっとすると君は、百年という歳月《さいげつ》をこえて、その喜《よろこ》ばしげな声を送りだした、ある春の朝の詩人の生き生きした喜《よろこ》びを感じるかも知れない

●富…　たくさんのものがあること。

ことば

口からでた　ことばは
音となかよし
うまれたときから
ずっといっしょに
うたったり
はずんだり

三島慶子《みしまけいこ》

文字になった　ことばは
ひとりぼっち
背《せ》すじをのばして
ピンと立っているつもりでも
ほんとうは　少しさびしい
いつも
だれかの心のリズムと
なかよくなることを
ゆめみて
まっています

さびしいわたし　――俳句《はいく》六句《く》

尾崎放哉《おざきほうさい》

咳《せき》をしても一人

こんなよい月を一人で見て寝《ね》る

いつしかついて来た犬と浜辺《はまべ》に居《い》る

種《たね》田《だ》山《さん》頭《とう》火《か》

分入《わけい》つ《（つ）》ても分入《わけい》つ《（つ）》ても青い山

どうしようもないわたしが歩いてゐ《（い）》る

ふくら《（ろ）》うはふくら《（ろ）》うでわたしはわたしでねむれない

流れ星

最果《さいはて》タヒ

本当にぼくは孤独《こどく》だ、と言ったときの、
本当に、は、だれに証明《しょうめい》するための、ものので、
だれがぼくの孤独《こどく》を疑《うたが》ったのか。（だれも疑《うたが》っていない、
だれもが聞き流している、川が流れている、
ぼくを聞き流している、
春の水が夏の水になった瞬間《しゅんかん》をぼくも知らない、
水はみんなぼくを聞き流して簡単《かんたん》に海に行ってしまう。）

さみしいって言えよ、とだれかが言った。
腹《はら》が立って、ぼくはさみしいと叫《さけ》んだ、
だれももうさみしいという言葉を使えないぐらいに
うつくしく叫《さけ》んだ。そうやって人類は、歌を発明しました。
ぼくは、心がなくて、
きみにはあるから、きみはぼくにそれをちょうだい。
人類はそうやって、愛を発明しました。

言葉は

谷川俊太郎《たにかわしゅんたろう》

言葉は種子
いにしえからの大地に眠《ねむ》る

言葉は新芽
赤ん坊《ぼう》の唇《くちびる》に生れる

言葉は蕾《つぼみ》
恋人《こいびと》たちの心にひそみ

言葉は花
歌われて大気に開く

言葉は枝《えだ》
風にのって空をくすぐり

言葉は根っこ
ほのかな魂《たましい》の闇《やみ》にひろがる

言葉は葉っぱ
枯《か》れて新しい季節にのぞみ

言葉は果実
苦しみの夜に実り
喜《よろこ》びの日々に熟《じゅく》して
限《かぎ》りなく深まる意味で
味わい尽《つ》くせぬ微《び》妙《みょう》な味で
人々の心をむすぶ

●果実…くだもの。

あいたくて

工藤直子《くどうなおこ》

だれかに　あいたくて
なにかに　あいたくて
生まれてきた――
そんな気がするのだけれど

それが　だれなのか　なになのか
あえるのは　いつなのか――

おつかいの　とちゅうで
迷《まよ》ってしまった子どもみたい
とほうに　くれている

それでも　手のなかに
みえないことづけを
にぎりしめているような気がするから
それを手わたさなくちゃ
だから

あいたくて

●ことづけ… 人にたのんで、とどけてもらうことば。

いのちのバトン

尾崎美紀《おざきみき》

人は死ぬと　どこへいくの
昨夜の　きみの質問
難《むずか》しい数学の問題なら
えらい先生がきっと解《と》いてくれるはず
でも
答えがみつからないいまま
なんどもくりかえされた質問《しつもん》

答えにはならないかもしれないけれど

思い出すのは
生まれた日のこと
覚えているはずはないのに

小さな手に渡《わた》されたバトンを
しっかりと握《にぎ》って
たしかにぼくは走り出した
どこへ行くの
そんな質問《しつもん》を胸《むね》に

きっとそうだよ

ずっしりと重い
あの金色のバトンを
いつか
上手《じょうず》にバトンタッチするために

ぼくからきみへ
きみからだれかへ
長いリレーをつなぐために

2 詩はきみを連れさる

——きらめく星々のなかを歩こう——

（宇部《うべ》京子《きょうこ》「アイダ君へ」より）

やぎさん　ゆうびん

まど・みちお

しろやぎさんから　おてがみ　ついた
くろやぎさんたら　よまずに　たべた
しかたがないので　おてがみ　かいた
—さっきの　おてがみ
ごようじ　なあに

くろやぎさんから　おてがみ　ついた
しろやぎさんたら　よまずに　たべた
しかたがないので　おてがみ　かいた
―さっきの　おてがみ
　ごようじ　なあに

馬のうた

室生犀星《むろうさいせい》

耳をかき
眼《め》をかき
長い顔をかき
胴《どう》をかき
尾《お》をかいてしまえば
馬のえができあがる。

けれども馬のはしっているえは
なかなかかけない、
馬のねているところも
むずかしくてかけない、
ぼんやりしている馬しか、
ぼくらにはかけないのだ。

届《とど》かないもの　――短歌三首

郵便《ゆうびん》は届《とど》かないのがふつうだと思うよ誰《だれ》もわるくないのよ

雪舟《ゆきふね》えま

絶対《ぜったい》に手の届《とど》かないあの星にあなたと同じ名前を付けた

鈴掛《すずかけ》　真《しん》

いつまでもたどり着けないわけぢや《（じゃ）》ない　それでも遠い岸だあなたは

小佐野《おさの》　彈《だん》

かわ

神沢利子《かんざわとしこ》

かわが
ぼくに
こんにちは
こんにちは
と　いってるよ

かわは
あたしに
さよなら　さよなら
と　いってるのよ

低空

三角《みすみ》みづ紀《き》

昼休みに
給食をぜんぶたべたら
好きなことして
いいから
わたしは
石を積もう
きょうの
給食の牛乳《ぎゅうにゅう》には
ケシゴムが入っていて

わたしの
花壇《かだん》は
荒《あ》らされていて
窓《まど》の外では
誰《だれ》かの笑い声
教室では
誰《だれ》も見ない
誰《だれ》も聞かない
わたし
しんでしまった
カーテンの
裏側《うらがわ》には

鬼《おに》
がすんでいて
わたしの
積む石を
壊《こわ》してしまう
（せんせいあのこの
となりにすわるの
はいやですばいき
んがうつるんです）
てのひら
しろい
回転して

低くうなる
ひたいが熱くなる
静かに流れでた
赤
わたし
息をしている
昼休みに
給食をぜんぶたべたら
好きなことして
いいから
わたしは
石を積もう

ぜんぶ積みあげたら
こっそり抜《ぬ》け出て
新しく産まれたら
わたしは
わたしを
かわいがってやる
給食の牛乳《ぎゅうにゅう》には
ケシゴムが入っていて
わたしの
花壇《かだん》は
荒《あ》らされていて
低くうなる

目の高さで舞《ま》う
鬼《おに》が
笑った

夕焼け

黒田三郎《くろださぶろう》

いてはならないところにいるような
こころのやましさ
それは
いつ
どうして
僕《ぼく》のなかに宿ったのか
色あせた夕焼け雲のように

大都会の夕暮《ゆうぐれ》の電車の窓越《まどご》しに
僕《ぼく》はただ黙《もく》して見る
夕焼けた空
昏《く》れ残る梢《こずえ》
灰色《はいいろ》の建物の起伏《きふく》
影《かげ》
美しい影《かげ》
醜《みにく》いものの美しい影《かげ》

とげとげ

野《の》田《だ》沙《さ》織《おり》

とげ
とげとげの
あたし

ちかづいたら
ささるのに

とげ
もしかして

あなたも
とげとげ

おどろいた
とげとげどうしは
いたくない

おやすみ
とげとげ

眠《ねむ》りの誘《さそ》い

立原道造《たちはらみちぞう》

おやすみ　やさしい顔した娘《むすめ》たち
おやすみ　やわらかな黒い髪《かみ》を編《あ》んで
おまえらの枕《まくら》もとに胡桃色《くるみいろ》にともされた燭台《しょくだい》のまわりには
快活《かいかつ》な何かが宿っている（世界中はさらさらと粉《こな》の雪）

私はいつまでもうたっていてあげよう
私はくらい窓《まど》の外に　そうして窓《まど》のうちに
それから　眠《ねむ》りのうちに　おまえらの夢《ゆめ》のおくに
それから　くりかえしくりかえして　うたっていてあげよう

ともし火のように
風のように　星のように
私の声はひとふしにあちらこちらと……

するとおまえらは　林檎《りんご》の白い花が咲《さ》き
ちいさい緑の実を結び　それが快《こころよ》い速さで赤く熟《う》れるのを
短い間に　眠《ねむ》りながら　見たりするであろう

●胡桃色《くるみいろ》…うすい茶色。
●燭台《しょくだい》…ろうそくを立てて火をともすための台。

この子のかわいさ

〜静岡県《しずおかけん》の子守唄《こもりうた》

坊《ぼう》やはよい子だ　ねんねしな
この子のかわいさ　限《かぎ》りなさ
天にのぼれば　星の数
七里《しちり》の浜《はま》では　砂の数
山では木の数　萱《かや》の数

沼津《ぬまづ》へ下《くだ》れば　千本松《せんぼんまつ》
千本松原《せんぼんまつばら》　小松原《こまつばら》
松葉の数より　まだかわい
ねんねんころりよ　おころりよ

●沼津《ぬまづ》…　静岡県《しずおかけん》東部の港町。現在《げんざい》は沼津市《ぬまづし》。
●千本松原《せんぼんまつばら》…　沼津市《ぬまづし》の狩野川河口《かのがわかこう》から富士市《ふじし》の田子《たご》の浦《うら》港のあいだ約一五キロメートルの海岸にそってつづいている松原。海の風や潮《しお》から作物を守るために農民が植えたと伝えられている。

お父さんガンバレ！　――コウテイペンギンのこども

木坂《きさか》　涼《りょう》

みおろすくらいしたにある
ふとくてみじかいあしのうえに
たまごをのせ
下腹《したばら》であたためるのはお父さん
およそふた月
お母さんは海にはいっていてかえらない
そのあいだ
なにもたべず
お父さんはたちつづける

お母さんがようやくもどると
お父さんが海へでて
こんどはひなとお母さんが
お父さんをまつ

紡錘形《ぼうすいけい》の
愛がたっている　コウテイペンギン

めのまわりを白く
くりぬいた模様《もよう》のひなたちが
ちいさな遊泳のつばさを

●コウテイペンギン…全長約一・二メートル、体重約三〇キログラム。頭は黒、背《せ》は暗灰色《あんかいしょく》、腹《はら》は白い。南極大陸の内陸で暮《く》らす。
●紡錘形《ぼうすいけい》…円い筒《つつ》の両はしがとがったかたち。
●遊泳…泳ぐこと。

もどかしそうにうごかして
南極の
海と大陸をみつめている

永訣《えいけつ》の朝

宮沢賢治《みやざわけんじ》

きょうのうちに
とおくへいってしまうわたくしのいもうとよ
みぞれがふっておもてはへんにあかるいのだ
（あめゆじゅとてちてけんじゃ）
うすあかくいっそう陰惨《いんざん》な雲から
みぞれはびちょびちょふってくる
（あめゆじゅとてちてけんじゃ）
青い蓴菜《じゅんさい》のもようのついた

これらふたつのかけた陶椀《とうわん》に
おまえがたべるあめゆきをとろうとして
わたくしはまがったてっぽうだまのように
このくらいみぞれのなかに飛びだした
（あめゆじゅとてちてけんじゃ）
蒼鉛《そうえん》いろの暗い雲から
みぞれはびちょびちょ沈《しず》んでくる
ああとし子
死ぬといういまごろになって
わたくしをいっしょうあかるくするために
こんなさっぱりした雪のひとわんを

●みぞれ… とけて、雨になりかけて降《ふ》る雪。
●あめゆじゅとてちてけんじゃ… 岩手県《いわてけん》花巻《はなまき》地方の方言で、あめゆき（みぞれ）を取ってきてください。
●陰惨《いんざん》な… 陰気《いんき》でむごたらしいようす。
●蓴菜《じゅんさい》… 水草。若芽《わかめ》、若葉《わかば》はぬるぬるしていて食用になる。
●陶椀《とうわん》… 陶器《とうき》のおわん。
●蒼鉛《そうえん》いろ… 薄赤色《うすあかいろ》をおびた銀白色。作者の造語《ぞうご》。

おまえはわたくしにたのんだのだ
ありがとうわたくしのけなげないもうとよ
わたくしもまっすぐにすすんでいくから
（あめゆじゅとてちてけんじゃ）
はげしいはげしい熱やあえぎのあいだから
おまえはわたくしにたのんだのだ
銀河《ぎんが》や太陽、気圏《きけん》などとよばれたせかいの
そらからおちた雪のさいごのひとわんを……
…ふたきれのみかげせきざいに
みぞれはさびしくたまっている
わたくしはそのうえにあぶなくたち

雪と水のまっしろな二相系《にそうけい》をたもち
すきとおるつめたい雫《しずく》にみちた
このつややかな松のえだから
わたくしのやさしいいもうとの
さいごのたべものをもらっていこう
わたしたちがいっしょにそだってきたあいだ
みなれたちゃわんのこの藍《あい》のもようにも
もうきょうおまえはわかれてしまう
（Ora《オラ》 Orade《オラデ》 Shitori《シトリ》 egumo《エグモ》）
ほんとうにきょうおまえはわかれてしまう
あぁあのとざされた病室の

●けなげ… つらいときにも、しっかりしていること。
●あえぎ… せわしい呼吸《こきゅう》。
●気圏《きけん》… 大気圏《たいきけん》。地球をとりまく空気。
●みかげせきざい… 御影石《みかげいし》（花崗岩《かこうがん》）の石材。
●二相系《にそうけい》をたもち… みぞれが雪と水の固体と液体《えきたい》の二つの状態《じょうたい》をもっていること。
●Ora《オラ》 Orade《オラデ》 Shitori《シトリ》 egumo《エグモ》… 花巻《はなまき》の方言で、わたしはひとりでいきますの意味。

くらいびょうぶやかやのなかに
やさしくあおじろく燃《も》えている
わたくしのけなげないもうとよ
この雪はどこをえらぼうにも
あんまりどこもまっしろなのだ
あんなおそろしいみだれたそらから
このうつくしい雪がきたのだ
　（うまれでくるたて
　　こんどはこたにわりゃのごとばかりで
　　　くるしまなあよにうまれてくる）
おまえがたべるこのふたわんのゆきに

わたくしはいまこころからいのる
どうかこれが天上のアイスクリームになって
おまえとみんなとに聖《きよ》い資糧《かて》をもたらすように
わたくしのすべてのさいわいをかけてねがう

●**かや**… 蚊《か》をふせぐために寝床《ねどこ》をおおうもの。目のあらい麻《あさ》や木綿《もめん》などの布《ぬの》で作り、四隅《よすみ》をつって、おおう。
●**うまれでくるたて／こんどはこたにわりゃのごとばかりで／くるしまなあよにうまれてくる**… 花巻《はなまき》の方言で、また生まれてくるとしても、今度はこんなに自分のことばかりで苦しまないように生まれてきますの意味。
●**どうかこれが天上のアイスクリームになって**… 作者が「どうかこれが兜卒《とそつ》の天《てん》の食に変って」と書きかえたテキストもある。「兜卒《とそつ》の天《てん》」は、遠い将来《しょうらい》、仏《ほとけ》となってこの世に出現《しゅつげん》するとされていた弥勒菩薩《みろくぼさつ》が治めている天上世界。
●**資糧**《かて》… 食べ物。

人には　二番ホキありっこねえ

羽曽部《はそべ》　忠《ただし》

花は　つんでもまた
ほかのとこから芽を出して
花咲《さ》かすべ。

枝《えだ》は　折ってもまた
ほかのところから芽を出して
枝《えだ》のばすべ。

草にも木にも
二番ホキ、三番ホキがある。
が、なあ
人にはねえ。
首折ってもにょきにょき出てきやしねえ。
指切っても、もこもこのびてきやしねえ。
草じゃねえし、木じゃねえし
おてんとさま　西から出たって
ホキるわけねえ。
さかだちしたってありっこねえ。

●**二番ホキ**…枝《えだ》を折ったあとに、もう一度、芽を出した枝《えだ》。

サンショの一番芽をつみながら
ばあさんは　やけに力こぶいれて
ひとりごとを言っている。
アサコおばさんが死んでまもない
春のお彼岸《ひがん》近く。

●サンショ…　香りの強い若葉《わかば》の生える落葉低木。
●春のお彼岸《ひがん》…　春分の日を中心とする七日間。死者をとむらう。

骨《ほね》の雪

文月悠光《ふづきゆみ》

喪服《もふく》の黒い背中《せなか》に
はらはらと降《ふ》り積もる
骨《ほね》の粉《こな》。
箸《はし》を握《にぎ》ったまま、ふと見れば
私の制服《せいふく》の肩《かた》も白い。
祖父《そふ》の骨《ほね》が箸《はし》を渡《わた》っていく。
叔父《おじ》がさしのべたそれは、
まぎれもない、膝《ひざ》の骨《ほね》であった。
(祖父《そふ》の膝《ひざ》は温かい。そのぬくもりを求め、私は祖父《そふ》の畑へ踏《ふ》み入る。地中でふくらむ馬鈴薯《ばれいしょ》のざわめき。とうきびたちが掲《かか》げるこがね色の冠《かんむり》。葉陰《はかげ》から覗《のぞ》く暗緑色のかぼちゃ。彼《かれ》らに祖父《そふ》の姿《すがた》が浮《う》かび、空を仰《あお》いだ。そのとき、何かがひたいに触《ふ》れた。畑の土に、白い雪が重なっていく。降《ふ》りしきる雪を、私は手足にまとう。祖父《そふ》の畑は、初雪の朝となる)

骨《ほね》を渡《わた》された私は、はっと息を飲んだ。箸《はし》が思いのほか深く骨《ほね》にめり込《こ》み、まぶしい粉々《こなごな》をこぼしたのだ。

車いすに腰掛《こしか》けた祖母《そぼ》が、

その細雪を見つめている。

あなたがいなくても、生きなくては。

●箸《はし》…ここでは、火葬場《かそうば》で死者の骨《ほね》をひろう鉄の箸《はし》。

素知《そし》らぬ顔で、生きなくては。
骨壺《こつつぼ》の中、
焼きたての熱い骨《ほね》が
何ごとかつぶやく。
私たちは、泣く。

祖母《そぼ》が喉仏《のどぼとけ》の骨《ほね》に箸《はし》をのばした。
ふるえる二本が、小さな丸い喉《のど》の骨《ほね》を抱《だ》いた。
あたらしい息吹《いぶき》を前に舞い上がる粉々《こなごな》へ
私は手を合わせる。
失っても失っても
こちら側にいる私たちは

生きていく、
骨《ほね》の雪を積もらせながら。

アイダ君へ

宇《う》部《べ》京《きょう》子《こ》

宇宙《うちゅう》にはブラックホールがあって
底なしの虚無《きょむ》が刻々《こくこく》広まっているんだって
虚無《きょむ》につかまったら
そのあとどうなるか
誰《だれ》もわからないんだって
だから
アイダ君
きらめく星々のなかを歩こう
あの円形広場の真ん中でねっころがって見上げた
星座《せいざ》のなかを

●ブラックホール…　きわめて密度《みつど》が高く、重力が強大なために物《ぶっ》質《しつ》も光も脱出《だっしゅつ》できない天体。
●虚無《きょむ》…　何もないこと。
●刻々《こくこく》…　だんだんに。
●夏の大三角…　ベガ(こと座《ざ》のアルファ星)、アルタイル（わし座《ざ》のアルファ星)、デネブ(白鳥座《ざ》のアルファ星）の三つの星をむすぶ細長い三角形。

赤や青や黄やピンクの星々のなかを
カシオペヤやペガサスや白鳥座《ざ》やさそり座《ざ》のなかを
みんなで頭をよせあって歓声《かんせい》をあげた
あの流れ星をおって
けしてけして　ひとりでブラックホールに迷《まよ》いこんでしまわないよう
虚無《きょむ》に足をとらわれてしまわないよう
ほら　案内人のミズキの声がきこえる
あれがベガ　あっちがアルタイル　そしてデネブ　夏の大三角だ
そして　いまも叫《さけ》んでいる
おーい！　こっちだよー
けしてけして　迷《まよ》いこんでしまわないように
いまも

みせさきで

矢崎節夫《やざきせつお》

さかなやさんの
みせさきで
さかなが　よこめで
ぼくに　いった
――きみも　ぼくも
みんな　うみから　きたんだよ
はるかに　むかしの　うみの　なかから

さかなやさんの
みせさきで
さかなに　よこめで
ぼくも　いった
——きみも　ぼくも
ひかりの　なかに　いたんだよ
はるかな　うちゅうの　はじまりの　とき

3 詩はきみを変える

──ほんきになって考えていた。──

（国分《こくぶん》一《いち》太郎《たろう》「胸《むね》のどきどきと　くちびるのふるえと」より）

愛されたい。

糸井《いとい》重里《しげさと》

金がないまま　愛されたい。
ぶおとこなまま　愛されたい。
勉強できないまま　愛されたい。
キャッチャーフライをあげたまま　愛されたい。
嫌《きら》われたまま　愛されたい。
ムリだろうか。ムリだろうか。

胸《むね》のどきどきと　くちびるのふるえと

国分一太郎《こくぶんいちたろう》

胸《むね》のどきどきと、くちびるのふるえと、
それを、このぼくは、はやくなくさねばならない。
きょうの自治会で、
「議長」と、呼《よ》んでぼくが手をあげたとき、
名まえをさされて立ちあがったとき、
ぼくの胸《むね》は、やっぱりどきどきと　たかなりだし、
それはへそのあたりまで、つたわっていった
ぼくのくちびるは、わくわくとふるえだし、

くちびるに、水けはなくなっていた。

ぼくは、いいたいことの半分もいえず、いや、三分の一さえいうことはできず、みんなのうすわらいをさそっただけで、ことりとすわってしまったのだ。


「役人と地主さまのまえでは、ものもいえない」

よく、おじいさんやおとうさんはいっていた。百姓《ひゃくしょう》の子と生まれたぼくの血の中には、ぼくのくちびるや、ぼくの胸《むね》の中には、弱くて、古くて、いくじのないものが、まだのこっているのだろうか。

●地主…農地などの土地の持ちぬし。土地を貸《か》して、借りた人からお金をとる。

学校で自治会があった日の帰り道、
ナシの花が白く咲《さ》いた黒板《くろいた》べいの下を通りながら、
ぼくは、ほんきになって考えていた。
胸《むね》をはり、くちびるをなめなめ考えていた。
胸《むね》のどきどきと、
くちびるのふるえと、
それを、このぼくは、
はやくなくさねばならない。

しかられた神さま

川崎《かわさき》　洋《ひろし》

ずっと　ずっと　むかしから
北海道《ほっかいどう》に住んでいたアイヌの人たちは
いろりの火のそばでも家のなかでも
川でも野でも森でも狩《か》りのときでも
いつも神さまといっしょだったって
その姿《すがた》は見えないけれど
いつも神さまといっしょだったって
だから　たとえばさ

夜　川の水をくむときは
まず水の神さまの名前を呼《よ》んで
神さまを起こしてから　くんだんだって
神さまも夫婦《ふうふ》で住んでいるから
お二人の名前を呼《よ》んだんだって
でもさ
子どもが川でおぼれたりすると
ちゃんと見張《みは》っていなかったからだと
水の神さまは　いくら神さまでも
人間からしかられたんだって

人間の誇《ほこり》は　――短歌三首

違星北斗《いぼしほくと》

ひらひらと散ったひと葉に冷やかな秋が生きてたアコロコタン

正直なアイヌだましたシャモをこそ憫《あわ》れなものとゆるすこの頃《ごろ》

人間の誇《ほこり》は如何《いか》で枯《か》るべき今こそアイヌの此《こ》の声をきけ

●アコロコタン…わが村、ふるさとのこと。
●シャモ…シサムのなまり。アイヌがアイヌ以外の日本人のことをいうことば。隣人《りんじん》。和人《わじん》。

水の匂《にお》い

阪田寛夫《さかたひろお》

水が匂《にお》う
あたたかくあまく
ふしぎにいつも匂《にお》いだす
夕やけの頃《ころ》には

川がとまる
金色のかげと
一緒《いっしょ》にどこかへ帰りたい
夕やけの頃《ころ》には

水がくろずむ
音もなく満ちて
小さな波がしわ寄《よ》せてくる
橋げたの下には

こうもりが飛ぶ
そのかげも黒い
みんながすこし
やさしくなる
みんなにすこし
やさしくしたくなる

水が匂《にお》う
べに色の雲の
呼《よ》んでる声がひびいてる
夕やけの頃《ころ》には

夕焼け売り

齋藤《さいとう》　貢《みつぐ》

この町では
もう、夕焼けを
眺《なが》めるひとは、いなくなってしまった。
ひとが住めなくなって
既《すで》に、五年余《あま》り。
あの日。
突然《とつぜん》の恐怖《きょうふ》に襲《おそ》われて
いのちの重さが、天秤《てんびん》にかけられた。

ひとは首をかしげている。
ここには
見えない恐怖《きょうふ》が、いたるところにあって
それが
ひとに不幸をもたらすのだ、と。
ひとがひとの暮《く》らしを奪《うば》う。
誰《だれ》が信じるというのか、そんなばかげた話を。

だが、それからしばらくして
この町には
夕方になると、夕焼け売りが
奪《うば》われてしまった時間を行商して歩いている。

●あの日…ここでは、東日本大震災《だいしんさい》の起こった二〇一一年三月一一日のこと。作者は福島県《ふくしまけん》の人。

誰《だれ》も住んでいない家々の軒先《のきさき》に立ち
「夕焼けは、いらんかねぇ」
「幾《いく》つ、欲《ほ》しいかねぇ」

夕焼け売りの声がすると
誰《だれ》もいないこの町の
瓦屋根《かわらやね》の煙突《えんとつ》からは
薪《まき》を燃《も》やす、夕餉《ゆうげ》の煙《けむり》も漂《ただよ》ってくる。

恐怖《きょうふ》に身を委ねて
これから、ひとは
どれほど夕焼けを胸《むね》にしまい込《こ》むのだろうか。

夕焼け売りの声を聞きながら
ひとは、あの日の悲しみを食卓《しょくたく》に並《なら》べ始める。
あの日、皆《みな》で囲《かこ》むはずだった
賑《にぎ》やかな夕餉《ゆうげ》を、これから迎《むか》えるために。

●夕餉《ゆうげ》…夕食。

野の花 ——イラクの子どもたちに——

菊永《きくなが》　謙《ゆずる》

草花に心を深く寄《よ》せた最初の人類は
四万年も前に滅《ほろ》びていった
ネアンデルタールの人々だという
イラクの遺跡《いせき》を発掘《はっくつ》にいった
いくつかの国の考古学者たちによれば

原始人ネアンデルタールの
いくつもの墓地《ぼち》から
スミレやヤグルマソウやノコギリソウの

おびただしいばかりの花粉《かふん》たちが
幾重《いくえ》にも
発見されたという
飢《う》えて
病んで
傷《きず》ついて
亡《な》くなっていった
親しき者たちを弔《とむら》う人々
彼《かれ》らは　野に咲《さ》く草花をそなえ
いとしき者の塚《つか》に
季節のめぐりに咲《さ》く花々を植えた

●ネアンデルタール…
一八五六年、ドイツのネアンデルタールで最初に発掘《はっくつ》された化石人類。

長い歴史《れきし》を繰《く》り返し重ねてきた人類たち
今　われわれ人類は
野の花の代わりに
金属《きんぞく》の　液体《えきたい》の　ウイルスの　ガスの　ウランの
最新の　開発の品々を
いちどきに激《はげ》しく花ひらかそうと
イラクの大地を選ぶ

砂嵐《すなあらし》のなか
砂丘《さきゅう》の下から
数百年ののちに
人類は

おびただしい花粉《かふん》や人骨《じんこつ》と共に
おろかしい兵器のかけらを
発掘《はっくつ》する

君死にたもうことなかれ
（旅順《りょじゅん》の攻囲軍《こういぐん》にある弟宗七《そうしち》を歎《なげ》きて）

与謝野晶子《よさのあきこ》

ああ、弟よ、君を泣く、
君死にたもうことなかれ。
末に生れし君なれば
親のなさけは勝りしも、
親は刃《やいば》をにぎらせて
人を殺《ころ》せと教えしや、
人を殺《ころ》して死ねよとて
廿四《にじゅうし》までを育てしや。

堺《さかい》の街のあきびとの
老舗《しにせ》を誇《ほこ》るあるじにて、
親の名を継《つ》ぐ君なれば、
君死にたもうことなかれ。
旅順《りょじゅん》の城はほろぶとも、
ほろびずとても、何事ぞ、
君は知らじな、あきびとの
家の習いに無きことを。

君死にたもうことなかれ。
すめらみことは、戦いに
おおみずからは出でまさね、
互《かたみ》に人の血を流し、

●旅順《りょじゅん》の攻囲軍《こういぐん》… 一九〇四(明治《めいじ》三七)年、日露《にちろ》戦争でロシア帝国《ていこく》の旅順要塞《りょじゅんようさい》を攻略《こうりゃく》した日本軍。やがて、陥落《かんらく》する。
●あきびと… 商人。
●すめらみこと… 天皇《てんのう》を敬《うやま》う呼《よ》びかた。

獣《けもの》の道に死ねよとは、
死ぬるを人の誉《ほま》れとは、
おおみこころの深ければ
もとより如何《いか》で思《おぼ》されん。

ああ、弟よ、戦いに
君死にたもうことなかれ。
過《す》ぎにし秋を父君に
おくれたまえる母君は、
歎《なげ》きのなかに、いたましく、
我子《わがこ》を召《め》され、家を守《も》り、
安しと聞ける大御代《おおみよ》も
母の白髪《しらが》は増《ま》さりゆく。

暖簾《のれん》のかげに伏《ふ》して泣く
あえかに若《わか》き新妻《にいづま》を
君忘《わす》るるや、思えるや。
十月《とつき》も添《そ》わで別れたる
少女《おとめ》ごころを思いみよ。
この世ひとりの君ならで
ああまた誰《たれ》を頼《たの》むべき。
君死にたもうことなかれ。

●大御代《おおみよ》… 天皇《てんのう》の治める時代。
●あえか… 美しく、はかなげ。

八月十五日

人気《ひとけ》のない
展覧会場《てんらんかいじょう》で
「平和」の習字が
ずらりとならんで
こちらを
見ていた

間中《まなか》ケイ子《こ》

花

石牟礼道子《いしむれみちこ》

花が
この世でもっとも悲しい人々の為《ため》に
ひらくように

平和は
泥《どろ》にまみれ　けりやられ　つばをかけられ
してきた人々のためにある

今のあなたの暮《くら》しが平和だから
平和を守れ　というな
今のあなたの暮《くら》しが
人々の貧困《ひんこん》とうらみを土台にして
いる限《かぎ》り

平和の琉歌《りゅうか》

桑田《くわた》佳祐《けいすけ》

この国が平和だと
誰《だれ》が決めたの？
人の涙《なみだ》も渇《かわ》かぬうちに

アメリカの傘《かさ》の下
夢《ゆめ》も見ました
民《たみ》を見捨《みす》てた戦争《いくさ》の果てに

蒼《あお》いお月様が泣いております

忘《わす》れられないこともあります
愛を植えましょう　この島へ
傷《きず》の癒《い》えない人々へ
語り継《つ》がれてゆくために

この国が平和だと
誰《だれ》が決めたの？
汚《けが》れ我《わ》が身の罪《つみ》ほろぼしに

人として生きるのを
何故《なぜ》に拒《こば》むの？

●琉歌《りゅうか》…和歌に対する琉歌《りゅうか》。沖縄《おきなわ》の短詩形の歌謡《かよう》。

隣《とな》り合わせの軍人さんよ
蒼《あお》いお月様が泣いております
未だ終わらぬ過去《かこ》があります

愛を植えましょう　この島へ
歌を忘《わす》れぬ人々へ
いつか花咲《さ》くその日まで

鳥

台風のすぎさった日
吹《ふ》きよせられた落葉の中に
見たことのない鳥の死骸《しがい》があった

南方から風にのってきたものか
くちばしが太く　羽の青い鳥だった

谷萩弘人《やはぎひろんど》

穴《あな》をほって埋《う》めたが
草の種が付着していたのだろう

種は
芽を出し
花をつけた
見たことのないまっ赤な花だった

花のうた

ハリール・ジブラーン　／神谷美恵子《かみやみえこ》・訳《やく》

わたしは自然が語ることば、
それを自然はとりもどし
その胸《むね》のうちにかくし
もう一度《ひとたび》語り直す。
わたしは青空から落ちた星、
みどりのじゅうたんの上に落ちた星。
わたしは大気の力の生んだ娘《むすめ》、
冬には連れ去られ
春には生まれ

夏には育てられる。
そして秋はわたしを休ませてくれる。

わたしは恋人《こいびと》たちへのおくりもの
また婚礼《こんれい》の冠《かんむり》でもある。
生者が死者に贈《おく》る最後のささげもののもわたし。

朝がくると
わたしとそよ風は手をたずさえて
光来たれり、と宣言《せんげん》する。
夕《ゆうべ》には鳥たちとわたしは光に別れを告《つ》げる。

●大気…　地球をとりまく空気。

わたしは野の上にゆれ動き
その飾《かざ》りとなる。
わたしの香りを大気にただよわせ、
眠《ねむ》りを深くし、
夜のあまたの眼《め》はわたしをじっと見守る。
わたしは露《つゆ》に酔《よ》いしれ
つぐみの歌に耳を傾《かたむ》ける。
叫《さけ》ぶ草たちのリズムにあわせて踊《おど》り、
光を見るために天を仰《あお》ぐけれど、
それは自分の像《イメジ》をそこに見るためではない。
この知恵《ちえ》を人間はまだ学んでいはしない。

喜《よろこ》び

ナ・テジュ　／黒河星子《くろかわせいこ》・訳《やく》

植木鉢《うえきばち》の蘭《らん》
しなった1枚《まい》の葉が
虚空《こくう》にもたれかかる

虚空《こくう》もつられてしなりながら
蘭《らん》の葉をそっと
抱擁《ほうよう》する

彼《かれ》らのあいだで人間のぼくが気づかない
静かな喜《よろこ》びの
川の水が流れる

●虚空《こくう》…空。大空。
●抱擁《ほうよう》する…だきかかえる。

生命《いのち》は

吉野《よしの》　弘《ひろし》

生命《いのち》は
自分自身だけでは完結できないように
つくられているらしい
花も
めしべとおしべが揃《そろ》っているだけでは
不充分《ふじゅうぶん》で
虫や風が訪《おとず》れて
めしべとおしべを仲立ちする

生命《いのち》は
その中に欠如《けつじょ》を抱《いだ》き
それを他者から満たしてもらうのだ
世界は多分
他者の総和《そうわ》
しかし
互《たが》いに
欠如《けつじょ》を満たすなどとは
知りもせず
知らされもせず
ばらまかれている者同士《どうし》
無関心でいられる間柄《あいだがら》

●完結…　すっかり終わる。
●欠如《けつじょ》…　ある部分がなくて足りないこと。
●総和《そうわ》…　全体を合わせたもの。

ときに
うとましく思うことさえも許《ゆる》されている間柄《あいだがら》
そのように
世界がゆるやかに構成《こうせい》されているのは
なぜ？

花が咲《さ》いている
すぐ近くまで
虻《あぶ》の姿《すがた》をした他者が
光をまとって飛んできている

私も　あるとき

誰《だれ》かのための虻《あぶ》だったろう
あなたも　あるとき
私のための風だったかもしれない

地球はラジオ・グリーン

寮《りょう》　美千子《みちこ》

地球はラジオ・グリーン
緑の夢《ゆめ》を発信し続ける。
けれどもぼくたちの受容器官《じゅようきかん》は埃《ほこり》にまみれ
もうその電波を受信しない。
恐竜《きょうりゅう》の骨《ほね》のひとかけらを
発掘《はっくつ》するように
耳の奥《おく》の埋《う》もれた地層《ちそう》から
忘《わす》れられた小さな器官を
掘《ほ》り起こそう。

錆《さ》びついた部品を磨《みが》き
水晶《すいしょう》のかけらで修理《しゅうり》して
川に水を流すように
微弱《びじゃく》な生体電流のスイッチを
いれるんだ。
そうしたら聴《き》こえるだろう
ラジオ・グリーンの電波が。
ぼくたちは　みんな
この惑星《わくせい》から生まれた。
ああ　みんなにはずうっと
この歌が聴《き》こえていたんだね。
草原の尖《とが》った葉のいっぽんいっぽん

●「地球はラジオ・グリーン」…寮美千子《りょうみちこ》の小説『小惑星美術館《しょうわくせいびじゅつかん》』（パロル舎《しゃ》）で主人公のユーリ・ザキが書いた詩。
●微弱《びじゃく》…かすかで弱い。

星の下で眠《ねむ》る象《ぞう》
地下深く流れる水や
まどろみ続ける鉱物《こうぶつ》
湧《わ》き上がる雲や風にも
同じひとつの歌が
聴《き》こえ続けていたんだね。
ぼくも目を澄《す》まして
その歌を聴《き》こう。
たくさんの雑音《ざつおん》にまぎれて
とぎれとぎれの歌を聴《き》こう。
地球はラジオ・グリーン。
惑星《わくせい》とともに

美しい夢《ゆめ》を見るために
ぼくは宇宙《うちゅう》の森の中
じっと耳を澄《す》ませて
小さな天体ラジオになるんだ。

地球の五月に。　ユーリ・ザキ

おおきな木

島田陽子《しまだようこ》

●おおきに…　関西の方言で、ありがとう。

おーい
おおきな木
おおきなって
おおきなえだ　ひろげて
おおきなかげ　つくってくれて
おおきなとりや　ちいさなとりや　ようけのむしも
おおきなひとや　ちいさなひとや　いぬねこたちも
おおきに　おおきに　いうて
おおきに　おきにいりの
おおきな木　天まで
おおきなれ
おーい

4 詩はきみにかける

——あなたは、生きなくてはならない——

（リフアト・アルアライール／松下新土《まつしたしんど》、増渕愛子《ますぶちあいこ》・訳《やく》
「わたしが死ななければならないのなら」より）

きらきら星

〜フランス曲　／武鹿悦子《ぶしかえつこ》・作詞《さくし》

きらきらひかる
お空の星よ
まばたきしては
みんなを見てる
きらきらひかる
お空の星よ

きらきらひかる
お空の星よ
みんなの歌が
届《とど》くといいな
きらきらひかる
お空の星よ

あした

あした　遠くに行ってしまおう
あるいて　歩いて
すこしはやすんで
あるいていくと
お日さまがでて
風もすこしは　ふいてきて
のら犬なんかもあるいてきて
こんにちは　わんわん
いっしょにいこうよっていうかもしれない

山中利子《やまなかとしこ》

あるいていくと
川にであって
さかななんかもおよいでいて
ちいさな舟《ふね》もうかんでいて
いぬとぼくとは舟《ふね》にのるんだ
いぬはしっぽでつりをしながら
ぼくは　くちぶえふきながら
とおくへ　とおくへいってしまおう

しかられた時
考えること
けんかしたとき
おもうこと

朝やけ

江口《えぐち》あけみ

八ケ岳《やつがたけ》の空が　もえている
雲が　あんなに光っている

あの
空にだって
人に知られたくない
凹《くぼ》みがあるんだ
—きっと—

あの
雲だって
あるとき　ふっと
空の凹《くぼ》みに
おちこんでしまうときがあるんだ
――きっと――

そんなときなんだ
　空が　あんなに燃《も》えるのは
　雲が　あんなに光るのは

●八ケ岳《やつがたけ》…長野県《ながのけん》と山梨県《やまなしけん》の境《さかい》にある火山。

歩く

三谷恵子《みたにけいこ》

「歩」という字は
なぜ
「止まる」「少し」と書くのだろう

歩く
道を歩きながら
考える

止まってみよう
少しだけ
道の途《と》中《ちゅう》だけれど

一息ついて
ふりかえる
なぜか
「歩く」を感じる

さんぽ

中川李枝子《なかがわりえこ》

あるこう　あるこう
わたしは　げんき
あるくの　だいすき
どんどん　いこう

さかみち　トンネル
くさっぱら

いっぽんばしに
でこぼこ　じゃりみち
くものす　くぐって
くだりみち

はちが　ぶんぶん
ちょうちょ　ひらひら
へびは　ひるね
ひなたに　とかげ
カッコー　きつつき
からすに　とんび

カエル　かまきり
けむしに　ミミズ
みんな　ともだち
わたしの　なかま

あるこう　あるこう
わたしは　げんき
あるくの　だいすき
どんどん　いこう

あり

ありが一匹《ぴき》
るり色の鳥の羽をひいていく
空を飛ぶつもりなのだろうか
あんなにも
大きな希望をひいて

白根《しらね》厚子《あつこ》

マスクしたまま　――短歌三首

俵《たわら》　万智《まち》

（一回休み・マスク二枚《まい》）のマスに立つ上がりの見えぬコロナすごろく

前を向くマスクファッション　Tシャツと色を合わせた若者《わかもの》がゆく

マスクしたまま面接《めんせつ》を受けし子が人は見た目じゃないよと言えり

●コロナ…二〇一九年末からの新型《しんがた》コロナウイルスの流行がもたらしたさまざまな危機的状況《ききてきじょうきょう》。コロナ禍《か》。

何にでもなれる

坂本京子《さかもときょうこ》

ある日　わたしは大人になったら　お嫁《よめ》さんになりたいと思った
次の日　まんが家になりたいと思った
次の日　スタイリストになりたいと思った
次の日　それよりコピーライターになりたいと思った
次の日　幼稚園《ようちえん》の保母《ほぼ》さんになりたいと思った
次の日　宇宙飛行士《うちゅうひこうし》になりたいと思った
次の日　田舎《いなか》に動物楽園をつくって一緒《いっしょ》にくらしたいと思った

何にでもなりたい
まだ十二歳《さい》だから
何にでもなれる

六月

茨木《いばらぎ》のり子《こ》

どこかに美しい村はないか
一日の仕事の終りには一杯《ぱい》の黒麦酒《ビール》
鍬《くわ》を立てかけ　籠《かご》を置き
男も女も大きなジョッキをかたむける

どこかに美しい街はないか
食べられる実をつけた街路樹《がいろじゅ》が
どこまでも続き　すみれいろした夕暮《ゆうぐれ》は
若者《わかもの》のやさしいさざめきで満ち満ちる

どこかに美しい人と人との力はないか
同じ時代をともに生きる
したしさとおかしさとそうして怒《いか》りが
鋭《するど》い力となって　たちあらわれる

わたしが死ななければならないのなら

リフアト・アルアライール／松下新土《まつしたしんど》、増渕愛子《ますぶちあいこ》・訳《やく》

わたしが　死ななければならないのなら
あなたは、生きなくてはならない
わたしの物語を語り
わたしの持ちものを売り
ひと切れの布《ぬの》と
糸をすこし買って、
（つくってほしい　白く尾《お》の長いものを）

ガザのどこかで　ひとりのこどもが
天をみつめかえす
炎《ほのお》のなかに　消えていった父を待ち――
だれにも別れを告《つ》げなかった
じぶんの肉体にも
じぶん自身にも――

こどもはみる、あなたがつくったわたしの凧《たこ》が、
空を泳ぐのを
そこに　天使が　一瞬《いっしゅん》　いる
こどもは思う　愛されている、と

●ガザ…中東・パレスチナのガザ地区。二〇〇六年以降《いこう》、イスラエルとパレスチナの武力衝突《ぶりょくしょうとつ》がつづいている。

もし、わたしが死ななければならないのなら
希望となれ
尾《お》の長い　物語となれ

このみち

金子《かねこ》みすゞ《（ず）》

このみちのさきには、
大きな森があろうよ。
ひとりぼっちの榎《えのき》よ、
このみちをゆこうよ。

このみちのさきには、
大きな海があろうよ。
蓮池《はすいけ》のかえろよ、
このみちをゆこうよ。

このみちのさきには、
大きな都があろうよ。
さびしそうな案山子《かかし》よ、
このみちを行こうよ。

このみちのさきには、
なにかなにかあろうよ。
みんなでみんなで行こうよ、
このみちをゆこうよ。

●案山子《かかし》…田畑を荒《あ》らす鳥や獣《けもの》をおどすために立てる人形。

紙ひこうき

やなせたかし

林の　そばの　雪どけ道で
紙ひこうきを　ひろった
しめった　翼《つばさ》を　のばし
どろを　はらいおとし
とばしてみたが
すぐ　おちた

ぼくは　それを　ひろいあげ
自分の　家へ　もって　帰った
どうしても　とぶんだよ
自分自身に　いうように
ぼくは　紙ひこうきに
いって　きかせた

３６５日の紙飛行機

秋元《あきもと》　康《やすし》

朝の空を見上げて
今日という一日が
笑顔でいられるように
そっとお願いした

時には雨も降《ふ》って
涙《なみだ》も溢《あふ》れるけど
思い通りにならない日は
明日　頑張《がんば》ろう

ずっと見てる夢《ゆめ》は
私がもう一人いて
やりたいこと　好きなように
自由にできる夢《ゆめ》

人生は紙飛行機
願い乗せて飛んで行くよ
風の中を力の限《かぎ》り
ただ進むだけ
その距離《きょり》を競うより
どう飛んだか　どこを飛んだのか

それが一番　大切なんだ
さあ　心のままに
３６５日

星はいくつ見えるか
何も見えない夜か
元気が出ない　そんな時は
誰《だれ》かと話そう

人は思うよりも
一人ぼっちじゃないんだ
すぐそばのやさしさに

気づかずにいるだけ

人生は紙飛行機
愛を乗せて飛んでいるよ
自信持って広げる羽根を
みんなが見上げる
折り方を知らなくても
いつのまにか飛ばせるようになる
それが希望　推進力《すいしんりょく》だ
ああ　楽しくやろう
365日

人生は紙飛行機
願い乗せて飛んで行くよ
風の中を力の限《かぎ》り
ただ進むだけ
その距離《きょり》を競うより
どう飛んだか　どこを飛んだのか
それが一番　大切なんだ
さあ　心のままに
３６５日

飛んで行け！
飛んでみよう！

飛んで行け！
飛んでみよう！
飛んで行け！
飛んでみよう！

青空の階段《かいだん》

藤《ふじ》　真《ま》知《ち》子《こ》

生きるって
青空につづく　はてしない階段《かいだん》を
のぼっていくようなもの

はじめは
前しか、未来しか
みつめてなくても
だんだん、うしろを　ふりかえる
なんて　きれいな　風景をのぼってきたんだろうと

広がる　思い出を　ときどき　みつめる

ときどき　つかれて　すわりこんだり
もう　だめだとおもっても
また　のぼりはじめる
わくわくしたり
きもちよかったこと
きっと　これからも　おこるはずだから

そのかなたに
なにが　あるのかも
どこまで　つづいているのかも

なにも　しらない
でも
階段《かいだん》を　のぼってくのは　すきだから
生きていくのは　すきだから

一人一人の階段《かいだん》が　交差して
友達と　手をとりあっても
だれかと　愛し合い
はげましあっても
結局
自分の階段《かいだん》を　のぼるのは　ひとり
自分の人生を　生きていくのは　ひとり

ずっと　ずっと
うまれたときから
ひとりぼっちで
のぼってきてたんだ

一人一人　おわりのちがう　階段《かいだん》を
だれでも
ひとりで　のぼらなければ　いけないのだ

なまえ

内《うち》田《だ》麟《りん》太《た》郎《ろう》

そらの名前はひとつしかない

空

山は
分けられた
ひとつひとつに
そしてひとつひとつに
名前がつけられた

海にも　河にも

でも　空には
だれも名づけられなかった
あまりにもひろくて
あまりにもふかくて
いつかきっと
人も
たったひとつの名前になるだろう
アメリカ人でもなく
中国人でもなく
日本人でもなく

ひと

そのあまりのひろさに
そのあまりのふかさに
それから
きみはきみの名前だけでよばれるだろう
きみもきみひとりしかいないから

詩を書こう

詩はあなたを知っています

詩人　文月悠光《ふづきゆみ》

詩との出会いは小学校四年生の秋のことでした。図書室で手にしたある本の中に、たくさんの詩が「小詩集」という形で掲載《けいさい》されていたのです。当時教科書の詩は読んでいましたが、「詩集」という形態《けいたい》に出会ったのは初めてでした。そのとき、初めて「詩なら自分にも書けるかもしれない」と直感的に感じたことを覚えています。

すぐに自分でもまねして、当時書いていた日記の一部として詩を書きはじめました。初めて書いたのは、「死」についての詩でした。死んだら人の魂《たましい》はどこにいくのだろう、そんな答えの出ないことを夢想《むそう》している子どもだったのです。

書きつづけているうちに、身近な人に打ち明けられないことや心の奥底《おくそこ》に抱《かか》えていたものが「言葉で定着できた」という確《たし》かな手応《てごた》えを感じられるようになりました。

詩を読んで楽しむことは、普通《ふつう》の文章を読み解《と》く行為《こうい》とは、ずいぶんちがった体験になります。最初は、意味がうまくつながらず、イメージが抽象的《ちゅうしょうてき》でとまどうかもしれません。私はそんなとき、詩のどこかに「お気に入りの一行」を見つけるようにしています。この言葉が何を意味しているかはわからない、でも自分に何か大事なことを告《つ》げている気がする……。その感覚を否定《ひてい》せず、そのまま自分の内側に持ち帰る。そうして自分が気に入ったところをくりかえし読めば、それでじゅうぶんに詩を味わえるんです。おどろきましたか？　ある一行を中心に読むと、ほかの行からも詩の風景が見えてくるはずです。

詩を作ってみたい人は、まずは、そんな自分が気に入った一行をまねることから始めてみてください。詩はただの文字の列ではありません。リズムもあるし、色もある。詩は音楽であり、絵画であり、心の風景であり、ドラマなのです。

私は詩を読むうちに「詩は私以上に私のことを知っているのではないか」と思うようになりました。不思議ですね！　詩はあなたのそばにいて、実はあなた自身について語りかけているのです。そんな風にあなたも詩と親しんでみませんか。

解説《かいせつ》

詩って何？

藤本《ふじもと》　恵《めぐみ》

「飛び道具」と聞いて、何をイメージしますか。もとは鉄砲《てっぽう》や弓矢を指すことばですが、そこから転じて、ちょっとふつうではないやり方や人を指すこともあります。この詩集をつくるために、たくさんの詩を読んできて、詩も似《に》たところがあるな、と私は思います。「…えっ？」と意外に思われるかもしれません。でも、遠くから飛んでくるもの、そして、私たちを遠くへ飛ばしてしまうような、思いがけない効《こう》果《か》を発揮《はっき》するものというところが重なるように思えたのです。

たとえば、第一章のとびらに引用した詩「あなたは誰《だれ》だ」（ラビンドラナート・タゴール／山室静《やまむろしずか》・訳《やく》）を読みかえしてみましょう。詩人は、大まじめに百年後の読者に呼《よ》びかけています。そして「君は、百年という歳月《さいげつ》をこえて」「詩人の生き生きした喜《よろこ》びを感じるかも知れない」といいます。これは私にとって、詩のことばは百年という時を飛びこえて読者のところへ届《とど》くことがある、というメッセージでした。

第二章のとびらに引用した詩「アイダ君へ」(宇部京子《うべきょうこ》)では、「アイダ君」が「きらめく星々のなかを歩こう」と呼《よ》びかけられています。もちろん、「アイダ君」は人間で、「宇宙《うちゅう》」を歩くことはできません。でも、「星々のなかを歩こう」と書いてあるので、読んでいる私は、「宇宙《うちゅう》」を歩く「アイダ君」をイメージしました。「アイダ君」はいつのまにか自分と重なり、その瞬間《しゅんかん》、詩のことばに連れられて、地球を飛びだします。とはいえ、それはイメージのなかでのこと。現実ではないとわかっていますから、どうしてこの詩は読者に「宇宙《うちゅう》」を思いうかべさせるんだろう、「宇宙《うちゅう》」なんか持ちだして、何を表そうとしているんだろう、と考えたりもしました。

こうして時間も空間も飛びこえるのが、詩のことばのようです。遠くから飛んできて、つかまえた読者を遠くへ飛ばしてしまう。旅行にいったり、引っ越《こ》しをしたりすると気持ちが変わるように、飛ばされた場所では、私たちの何かが変わるのかもしれません。

第三章のとびらに引用した「胸《むね》のどきどきと　くちびるのふるえと」（国分一太《こくぶんいちた》郎《ろう》）では、「ぼく」が、学校の「自治会」という現実《げんじつ》のできごとのなかで、臆病《おくびょう》な自分を変えたいと考えています。実は詩のことばに連れ去られたときにも同じことの起きる可能性《かのうせい》があります。どうしてこんなところ（宇宙《うちゅう》！）に連れてくるんだろう、このイメージで何を表そうとしているんだろうと考え、思いがけない答えを見つけてハッとする。そのとき、私たちの考えは、変わったり新しくなったりしているのではないでしょうか。

そんなふうに遠くへ飛ばされて、変わることのできる私たちに、詩と詩人は未来をかけているのだ、とも思います。第四章のとびらに引用したリフアト・アルアライールの詩（松下新土《まつしたしんど》、増渕愛子《ますぶちあいこ》・訳《やく》）は、「わたしが　死ななければならないのなら」「あなたは、生きなくてはならない」と訴《うった》えかけていて、痛切《つうせつ》です。自分の命がなくなろうとしているときに、会ったこともない読者に、子どもへの愛と未来への希望を託《たく》しているのです。私たちは詩のことばによって遠く離《はな》れた戦場に飛ばされ、不条理《ふじょうり》に死ななければならない人の痛切《つうせつ》な思いにふれて、この人が「つくってほしい」といっている「凧《たこ》」って、何を表しているんだろう、凧《たこ》のように「尾《お》の長い物語」って何だろう、と考えはじめる。そして見つかった答えが、あとの行動を変える……かもしれません。

はじめに、詩のことばは「飛び道具」だと書きました。でも、鉄砲《てっぽう》や弓矢とは正反対のところもあります。詩のことばは、生きものの命を奪《うば》う武器《ぶき》には、ぜったいにならないからです。生きものを殺《ころ》すのではなく、大切な人や思いを遠くへ飛ばして、思いがけない場所で生きのびさせるために、詩人たちはことばを使ってきました。砲弾《ほうだん》や矢ではなく、植物の種を飛ばすように、詩人はことばを使い、私はこの詩集のことばを飛ばします。つながりたいと思う心に落ちて、芽が出て……。この巻《かん》の最後の詩「なまえ」（内田麟太郎《うちだりんたろう》）がいっているように、「きみもきみひとりしかいない」のです。それぞれの心のなかで、それぞれの花を咲《さ》かせるように何かが変わったり、生かされたりしたら、こんなにうれしいことはありません。

この本に出てくる詩人たち

1 詩はきみに生まれる

覚 和歌子（かく・わかこ） 一九六一年〜。作詞家《さくしか》・詩人・シンガーソングライター。詩集『ゼロになるからだ』など。

八木重吉（やぎ・じゅうきち） 一八九八〜一九二七年。詩人。詩集『秋の瞳《ひとみ》』『貧《まず》しき信徒』など。

ひろかわさえこ 一九五三年〜。絵本作家。絵本「ぷくちゃんえほん」シリーズ、「やさいむらのなかまたち」シリーズなど。

金関寿夫（かなせき・ひさお） 一九一八〜一九九六年。英文学者・翻訳家《ほんやくか》。著書《ちょしょ》に『アメリカ・インディアンの詩』など。

石津ちひろ（いしづ・ちひろ） 一九五三年〜。絵本作家・翻訳家《ほんやくか》・詩人。詩集『あしたのあたしはあたらしいあたし』など。

エミリー・ディキンスン 一八三〇〜一八八六年。アメリカの詩人。

水崎野里子（みずさき・のりこ） 一九四九年〜。詩人・歌人・俳人《はいじん》・翻訳家《ほんやくか》。

まど・みちお 一九〇九〜二〇一四年。詩人。童謡《どうよう》「ぞうさん」、『まど・みちお全詩集』など。

北原白秋（きたはら・はくしゅう） 一八八五〜一九四二年。詩人・歌人。詩集『邪宗門《じゃしゅうもん》』『思ひ《(い)》出』、童謡集《どうようしゅう》『からたちの花』『トンボの眼玉《めだま》』、歌集『桐《きり》の花』など。

ラビンドラナート・タゴール 一八六一〜一九四一年。インドの詩人・思想家・作曲家。詩集『ギーターンジャリ（英語版《ばん》）』によってノーベル文学賞《ぶんがくしょう》受賞《じゅしょう》。

山室 静（やまむろ・しずか） 一九〇六〜二〇〇〇年。文芸評論家《ひょうろんか》・翻訳家《ほんやくか》。著書《ちょしょ》に『現在《げんざい》の文学の立場』『アンデルセンの生涯《しょうがい》』、翻訳《ほんやく》に『ムーミン谷の冬』など。

三島慶子（みしま・けいこ） 一九五九年〜。詩人。詩集『空とぶことば』など。

尾崎放哉（おざき・ほうさい） 一八八五〜一九二六年。自《じ》由律俳句《ゆうりつはいく》の俳人《はいじん》。

種田山頭火（たねだ・さんとうか）　一八八二～一九四〇年。自由律俳句《じゆうりつはいく》の俳人《はいじん》。

最果タヒ（さいはて・たひ）　一九八六年～。詩人。詩集『グッドモーニング』『死んでしまう系《けい》のぼくらに』『夜景座《やけいざ》生まれ』など。

谷川俊太郎（たにかわ・しゅんたろう）　一九三一～二〇二四年。詩人。詩集『二十億光年の孤独《こどく》』『世間知ラズ』など。

工藤直子（くどう・なおこ）　一九三五年～。詩人・童話作家。詩集『てつがくのライオン』『のはらうた』Ⅰ―Ⅴなど。

尾崎美紀（おざき・みき）　一九四八年～。詩人・児童文学作家。詩集『らいおん日和《びより》』など。

❷ 詩はきみを連れさる

まど・みちお　→1章参照。

室生犀星（むろう・さいせい）　一八八九～一九六二年。詩人・小説家。詩集『抒情《じょじょう》小曲集』、小説『性《せい》に眼覚《めざ》める頃《ころ》』など。

雪舟えま（ゆきふね・えま）　一九七四年～。歌人・小説家。歌集『たんぽるぽる』など。

鈴掛　真（すずかけ・しん）　一九八六年～。歌人。歌集『愛を歌え』など。

小佐野　彈（おさの・だん）　一九八三年～。歌人・小説家。歌集『メタリック』など。

神沢利子（かんざわ・としこ）　一九二四年～。児童文学作家。作品に『ちびっこカムのぼうけん』『くまの子ウーフ』など。

三角みづ紀（みすみ・みづき）　一九八一年～。詩人。詩集『オウバアキル』『カナシヤル』など。

黒田三郎（くろだ・さぶろう）　一九一九～一九八〇年。詩人。詩集『ひとりの女に』『小さなユリと』など。

野田沙織（のだ・さおり）　一九七九～二〇二〇年。詩人。詩集『うたうかたつむり』など。

立原道造（たちはら・みちぞう）　一九一四～一九三九年。詩人。詩集『萱草《わすれぐさ》に寄《よ》す』など。

木坂　涼（きさか・りょう）　一九五八年～。詩人・児童文学作家・翻訳家《ほんやくか》。詩集『ツッツッと』『金色の網《あみ》』など。

宮沢賢治（みやざわ・けんじ）　一八九六～一九三三年。詩人・童話作家。詩集『春と修羅《しゅら》』、童話集『注文の多い料理店』など。

羽曽部　忠（はそべ・ただし）　一九二四～一九九三年。詩人。詩集『ばあさんはふるさと』など。

文月悠光（ふづき・ゆみ）　一九九一年～。詩人。詩集『適切《てきせつ》な世界の適切《てきせつ》ならざる私』など。

宇部京子（うべ・きょうこ）　一九五二年～。詩人。詩集『よいお天気の日に』など。

矢崎節夫（やざき・せつお）　一九四七年～。童謡《どうよう》詩人・童話作家。童話集『ほしとそらのしたで』、童謡集《どうようしゅう》『きらり　きーん』など。

③ 詩はきみを変える

糸井重里（いとい・しげさと）一九四八年〜。コピーライター・エッセイスト・作詞家《さくしか》。

国分一太郎（こくぶん・いちたろう）一九一一〜一九八五年。児童文学者・作文教育の実践家《じっせんか》、理論家《りろんか》。児童文学作品『鉄の町の少年』など。

川崎　洋（かわさき・ひろし）一九三〇〜二〇〇四年。詩人・放送作家。詩集『はくちょう』など。

違星北斗（いぼし・ほくと）一九〇一〜一九二九年。アイヌの歌人・社会運動家。『違星北斗《いぼしほくと》歌集　アイヌと云《い（う）》ふ新しくよい概念《がいねん》を』など。

阪田寛夫（さかた・ひろお）一九二五〜二〇〇五年。詩人・小説家・児童文学作家。童謡《どうよう》「サッちゃん」「おなかのへるうた」、小説『土の器』など。

齋藤　貢（さいとう・みつぐ）一九五四年〜。詩人。詩集『夕焼け売り』など。

菊永　謙（きくなが・ゆずる）一九五三年〜。詩人・評論《ひょうろん》家《か》。詩集『原っぱの虹《にじ》』、評論集《ひょうろんしゅう》『子どもと詩の架橋《かけはし》』など。

与謝野晶子（よさの・あきこ）一八七八〜一九四二年。歌人。歌集『みだれ髪《がみ》』など。

間中ケイ子（まなか・けいこ）一九四七年〜。詩人。詩集『猫町《ねこまち》五十四番地』など。

石牟礼道子（いしむれ・みちこ）一九二七〜二〇一八年。小説家・詩人。環境《かんきょう》問題にも深く関わった。小説『苦海浄土《くかいじょう》ど　わが水俣病《みなまたびょう》』など。

桑田佳祐（くわた・けいすけ）一九五六年〜。ミュージシャン・シンガーソングライター。

谷萩弘人（やはぎ・ひろんど）一九四九年〜。詩人。詩集『山中無暦日《さんちゅうれきじつなし》』など。

ハリール・ジブラーン　一八八三〜一九三一年。レバノン出身の詩人・画家・彫刻家《ちょうこくか》。詩集『預言者《よげんしゃ》』など。

神谷美恵子（かみや・みえこ）一九一四〜一九七九年。精《せい》神科医《しんかい》・作家・翻訳家《ほんやくか》。著書《ちょしょ》に『生きがいについて』『人間をみつめて』など。

ナ・テジュ　一九四五年〜。韓国《かんこく》の詩人。詩集『花を見るように君を見る』など。

黒河星子（くろかわ・せいこ）　一九八一年〜。翻訳家《ほんやくか》。

吉野　弘（よしの・ひろし）　一九二六〜二〇一四年。詩人。詩集『幻《まぼろし》・方法』など。

寮　美千子（りょう・みちこ）　一九五五年〜。児童文学作家・小説家・詩人。小説『楽園の鳥　カルカッタ幻想曲《げんそうきょく》』など。

島田陽子（しまだ・ようこ）　一九二九〜二〇一一年。詩人。詩集『大阪《おおさか》ことばあそびうた』など。

4 詩はきみにかける

武鹿悦子（ぶしか・えつこ）　一九二八年〜。童謡《どうよう》詩人・児童文学作家・翻訳家《ほんやくか》。詩集『ねこぜんまい』など。

山中利子（やまなか・としこ）　一九四二年〜。詩人。詩集『遠くて近いものたち』など。

江口あけみ（えぐち・あけみ）　一九四三年〜。詩人。詩集『ひみつきち』など。

三谷恵子（みたに・けいこ）　一九六〇年〜。詩人。詩集『虹《にじ》のかけら』など。

中川李枝子（なかがわ・りえこ）　一九三五〜二〇二四年。童話作家・作詞家《さくしか》。童話『いやいやえん』、実妹山脇百合子《やまわきゆりこ》が絵を描《か》いた絵本『ぐりとぐら』など。

白根厚子（しらね・あつこ）　一九四三年〜。詩人。詩集『わたしの記憶《きおく》』など。

俵　万智（たわら・まち）　一九六二年〜。歌人。歌集『サラダ記念日』など。

坂本京子（さかもと・きょうこ）　一九五六年〜。詩人。詩集『やわらかなこころ』など。

茨木のり子（いばらぎ・のりこ）　一九二六〜二〇〇六年。詩人。詩集『見えない配達夫』『自分の感受性《かんじゅせい》くらい』など。

リファト・アルアライール　一九七九〜二〇二三年。パレスチナ・ガザ地区の作家・詩人・活動家。イスラエル軍の空爆《くうばく》で死亡《しぼう》。

松下新土（まつした・しんど）　一九九六年〜。作家・詩人。

増渕愛子（ますぶち・あいこ）　映画《えいが》キュレーター・プロデューサー・翻訳家《ほんやくか》。

金子みすゞ（かねこ・みすず）　一九〇三〜一九三〇年。詩人。童謡《どうよう》「大漁」「私と小鳥と鈴《すず》と」など。

やなせたかし　一九一九〜二〇一三年。漫画家・絵本作家・詩人。「アンパンマン」の生みの親。「手のひらを太陽に」「アンパンマンのマーチ」の作詞《さくし》など。

秋元　康（あきもと・やすし）　一九五八年〜。作詞家《さくしか》・プロデューサー。

藤　真知子（ふじ・まちこ）　一九五〇年〜。児童文学作家。「まじょ子」シリーズ、「わたしのママは魔女《まじょ》」シリーズなど。

内田麟太郎（うちだ・りんたろう）　一九四一年〜。詩人・童話作家。詩集『きんじょのきんぎょ』、童話『ふしぎの森のヤーヤー』など。

出典一覧《いちらん》

1 詩はきみに生まれる

覚和歌子《かくわかこ》「こ・こ・から」▼『詩の風景　海のような大人になる』理論社、2007年

八木重吉《やぎじゅうきち》「素朴《そぼく》な琴《こと》」▼『八木重吉全集　第二巻』筑摩書房、1982年

ひろかわさえこ「し」▼『わくわくライブラリー　あいうえおのきもち』講談社、2011年

イヌイットの口承詩《こうしょうし》／訳《やく》：金関寿夫《かなせきひさお》「魔法《まほう》のことば」▼『平凡社ライブラリー347　アメリカ・インディアンの口承詩　魔法としての言葉』平凡社、2000年

石津《いしづ》ちひろ「たいよう」▼『ラヴソング』理論社、2007年

エミリー・ディキンスン／訳《やく》：水崎野里子《みずさきのりこ》「私の詩は世界への私の手紙」▼『英米女性5人詩集〈復刻版〉』ブックウェイ、2018年

まど・みちお「うたよ！」▼『まど・みちお全詩集　新訂第2版』理論社、2015年

北原白秋《きたはらはくしゅう》「薔薇《ばら》二曲」▼『白秋全集3』岩波書店、1985年

ラビンドラナート・タゴール／訳《やく》：山室静《やまむろしずか》「あなたは誰《だれ》だ」▼『世界の詩39　タゴール詩集』彌生書房、1966年

＊本書では、詩の作者・訳者《やくしゃ》の意向により、出典と一部異《こと》なる表記で掲載《けいさい》した作品があります。

三島慶子《みしまけいこ》「ことば」▼『詩の風景　空とぶことば』理論社、2006年

尾崎放哉《おざきほうさい》　俳句《はいく》「咳《せき》をしても…」「こんなよい月を…」「いつしかついて来た…」▼『増補決定版　尾崎放哉全句集』春秋社、2007年

種田山頭火《たねださんとうか》　俳句《はいく》「分け入つ《(っ)》ても…」「どうしようもない…」「ふくら《(ろ)》うは…」▼『新編　山頭火全集　第一巻』春陽堂書店、2020年

最果タヒ《さいはて》「流れ星」▼『夜景座生まれ』新潮社、2020年

谷川俊太郎《たにかわしゅんたろう》「言葉は」▼『シャガールと木の葉』集英社、2005年

工藤直子《くどうなおこ》「あいたくて」▼『小さい詩集　あいたくて』大日本図書、1991年

尾崎美紀《おざきみき》「いのちのバトン」▼『詩集　出発はいつも』空とぶキリン社、2017年

❷ 詩はきみを連れさる

まど・みちお「やぎさん　ゆうびん」▼『まど・みちお全詩集　新訂第2版』理論社、2015年

室生犀星《むろうさいせい》「馬のうた」▼『定本　室生犀星全詩集　第三巻』冬樹社、1978年

雪舟えま《ゆきふね》　短歌「郵便《ゆうびん》は…」▼『たんぽるぽる』短歌研究文庫、2022年

鈴掛真《すずかけしん》　短歌「絶対《ぜったい》に…」▼『愛を歌え』青土社、2019年

小《お》佐《さ》野《の》彈《だん》　短歌「いつまでも…」▼『歌集　メタリック』短歌研究社、２０１８年

神《かん》沢《ざわ》利《とし》子《こ》「かわ」▼『おやすみなさい　またあした』のら書店、１９８８年

三《み》角《すみ》みづ紀《き》「低空」▼『オウバアキル』思潮社、２００４年

黒《くろ》田《だ》三《さぶ》郎《ろう》「夕焼け」▼『黒田三郎著作集Ⅰ　全詩集』思潮社、１９８９年

野《の》田《だ》沙《さ》織《おり》「とげとげ」▼『うたうかたつむり』四季の森社、２０２０年

立《たち》原《はら》道《みち》造《ぞう》「眠《ねむ》りの誘《さそ》い」▼『立原道造全集１』筑摩書房、２００６年

静《しず》岡《おか》県《けん》の子《こ》守《もり》唄《うた》「この子のかわいさ」▼サイト　沼津市「この子のかわいさ／沼津市」
https://www.city.numazu.shizuoka.jp/shisei/profile/bunkazai/bungaku/utamigi.htm

木《き》坂《さか》涼《りょう》「お父さんガンバレ！　――コウテイペンギンのこども」
▼『詩を読もう！　五つのエラーをさがせ！』大日本図書、２０００年

宮《みや》沢《ざわ》賢《けん》治《じ》「永《えい》訣《けつ》の朝」▼『【新】校本　宮澤賢治全集　第二巻　詩Ⅰ　本文篇』筑摩書房、１９９５年

羽《は》曽《そ》部《べ》忠《ただし》「人には　二番ホキありっこねえ」▼『詩集・ばあさんはふるさと』かど創房、１９７７年

文《ふ》月《づき》悠《ゆ》光《み》「骨《ほね》の雪」▼『適切な世界の適切ならざる私』ちくま文庫、２０２０年

宇《う》部《べ》京《きょう》子《こ》「アイダ君へ」▼『詩の風景　リンダリンダがとまらない』理論社、２００７年

矢《や》崎《ざき》節《せつ》夫《お》「みせさきで」▼『矢崎節夫童謡集　うずまきぎんが』ＪＵＬＡ出版局、２０１３年

❸ 詩はきみを変える

糸井重里《いといしげさと》「愛されたい。」 ▼『詩を読もう！　詩なんか知らないけど』大日本図書、2000年

国分一太郎《こくぶんいちたろう》「胸《むね》のどきどきと　くちびるのふるえと」 ▼『国分一太郎児童文学集6　塩ざけのうた』小峰書店、1967年

川崎洋《かわさきひろし》「しかられた神さま」 ▼『詩の散歩道　しかられた神さま』理論社、1981年

違星北斗《いぼしほくと》　短歌「ひらひらと…」「正直な…」「人間の…」 ▼『違星北斗歌集　アイヌと云ふ新しくよい概念を』角川文庫、2021年

阪田寛夫《さかたひろお》「水の匂《にお》い」 ▼『阪田寛夫全詩集』理論社、2011年

齋藤貢《さいとうみつぐ》「夕焼け売り」 ▼『夕焼け売り』思潮社、2018年

菊永謙《きくながゆずる》「野の花　――イラクの子どもたちに――」 ▼『こども詩の森　原っぱの虹　菊永謙詩集』いしずえ、2003年

与謝野晶子《よさのあきこ》「君死にたもうことなかれ（旅順《りょじゅん》の攻囲軍《こういぐん》にある弟宗七《そうしち》を歎《なげ》きて）」 ▼『定本　與謝野晶子全集　第九巻　詩集一』講談社、1980年

間中《まなか》ケイ子《こ》「八月十五日」 ▼『子ども詩のポケット24　猫町五十四番地　間中ケイ子詩集』てらいんく、2007年

石牟礼道子《いしむれみちこ》「花」 ▼『〔完全版〕石牟礼道子全詩集』石風社、2020年

桑田佳祐《くわたけいすけ》「平和の琉歌《りゅうか》」 ▼CD　サザンオールスターズ「海のYeah!!」ビクターエンタテインメント、1998年

谷萩弘人《やはぎひろんど》「鳥」 ▼『現代児童文学詩人文庫4　谷萩弘人詩集』いしずえ、2004年

ハリール・ジブラーン／訳《やく》：神谷美恵子《かみやみえこ》「花のうた」▼神谷美恵子　著『うつわの歌』みすず書房、1989年
ナ・テジュ／訳《やく》：黒河星子《くろかわせいこ》「喜《よろこ》び」▼『花を見るように君を見る』かんき出版、2020年
吉野弘《よしのひろし》「生命《いのち》は」▼『吉野弘全詩集（増補新版）』青土社、2014年
寮美千子《りょうみちこ》「地球はラジオ・グリーン」▼『小惑星美術館』パロル舎、1990年
島田陽子《しまだようこ》「おおきな木」▼『日本現代詩文庫62　新編　島田陽子詩集』土曜美術社出版販売、1999年

④ 詩はきみにかける

フランス曲／作詞《さくし》：武鹿悦子《ぶしかえつこ》「きらきら星」▼『童謡（改版）』野ばら社、2010年
山中利子《やまなかとしこ》「あした」▼『現代子ども詩文庫1　山中利子詩集』四季の森社、2021年
江口《えぐち》あけみ「朝やけ」▼『ひみつきち』けやき書房、1988年
三谷恵子《みたにけいこ》「歩く」▼『少年少女詩集　七つ葉のクローバー』らくだ出版、2001年
中川李枝子《なかがわりえこ》「さんぽ」▼『となりのトトロ』徳間書店、1988年
白根厚子《しらねあつこ》「あり」▼畑島喜久生　著『日本の少年詩Ⅱ　——生きて輝く現役詩人たちの群像』リトル・ガリヴァー社、2002年
俵万智《たわらまち》　短歌「（二回休み・マスク二枚《まい》）の…」「前を向く…」「マスクしたまま…」▼『未来のサイズ』KADOKAWA、2020年

坂本《さかもと》京子《きょうこ》「何にでもなれる」▼『はずかしがりやのねこ　坂本京子詩集』かど創房、1986年

茨木《いばらぎ》のり子《こ》「六月」▼『茨木のり子全詩集』花神社、2010年

リファト・アルアライール／訳《やく》：松下《まつした》新土《しんど》、増渕《ますぶち》愛子《あいこ》「わたしが死ななければならないのなら」▼「現代詩手帖5月号　第六十七巻・第五号」思潮社、2024年

金子《かねこ》みすゞ《（ず）》「このみち」▼『金子みすゞ童謡全集〈普及版〉』JULA出版局、2022年

やなせたかし「紙ひこうき」▼『やなせたかし全詩集』北溟社、2007年

秋元《あきもと》康《やすし》「365日の紙飛行機」▼CD　AKB48「唇にBe My Baby」キングレコード、2015年

藤真《ふじま》知子《ちこ》「青空の階段《かいだん》」▼水内喜久雄　編著『いま、きみにいのちの詩を　詩人52人からのメッセージ』小学館、2001年

内田《うちだ》麟太郎《りんたろう》「なまえ」▼『現代子ども詩文庫2　内田麟太郎詩集』四季の森社、2021年

作品さくいん

あ

愛されたい。　糸井重里《いといしげさと》　……　92

あいたくて　工藤直子《くどうなおこ》　……　40

アイダ君へ　宇部京子《うべきょうこ》　……　86

青空の階段《かいだん》　藤《ふじ》　真知子《まちこ》　……　180

朝やけ　江口《えぐち》あけみ　……　150

あした　山中利子《やまなかとしこ》　……　148

あなたは誰《だれ》だ
ラビンドラナート・タゴール／山室《やまむろ》　静《しずか》・訳《やく》　……　28

あり　白根厚子《しらねあつこ》　……　158

歩く　三谷恵子《みたにけいこ》　……　152

いのちのバトン　尾崎美紀《おざきみき》　……　42

生命《いのち》は　吉野《よしの》　弘《ひろし》　……　134

うたよ！　まど・みちお　……　22

馬のうた　室生犀星《むろうさいせい》　……　48

永訣《えいけつ》の朝《あさ》　宮沢賢治《みやざわけんじ》　……　72

おおきな木　島田陽子《しまだようこ》　……　142

お父さんガンバレ！　――コウテイペンギンのこども
木坂《きさか》　涼《りょう》　……　68

か

紙ひこうき　やなせたかし　……　172

かわ　神沢利子《かんざわとしこ》　……　52

君死にたもうことなかれ
（旅順《りょじゅん》の攻囲軍《こういぐん》にある弟宗七《そうしち》を歎《なげ》きて）　与謝野晶子《よさのあきこ》　……　114

きらきら星　フランス曲／武鹿悦子《ぶしかえつこ》・作詞《さくし》　……　146

こ・こ・から　覚《かく》　和歌子《わかこ》　……　10

ことば　三島慶子《みしまけいこ》　……　30

言葉は　谷川俊太郎《たにかわしゅんたろう》　……　36

この子のかわいさ　～静岡県《しずおかけん》の子守唄《こもりうた》　……　66

このみち　金子《かねこ》みすゞ《(ず)》……170

さ

365日の紙飛行機　秋元《あきもと》康《やすし》……174
さんぽ　中川李枝子《なかがわりえこ》……154
し　ひろかわさえこ……14
しかられた神さま　川崎《かわさき》洋《ひろし》……98
素朴《そぼく》な琴《こと》　八木重吉《やぎじゅうきち》……12

た

たいよう　石津《いしづ》ちひろ……18
〈短歌〉　違星北斗《いぼしほくと》……100
〈短歌〉　小佐野《おさの》彈《だん》……51
〈短歌〉　鈴掛《すずかけ》真《しん》……50
〈短歌〉　俵《たわら》万智《まち》……160
〈短歌〉　雪舟《ゆきふね》えま……50
地球はラジオ・グリーン　寮《りょう》美千子《みちこ》……138
低空　三角《みすみ》みづ紀《き》……54
とげとげ　野田沙織《のださおり》……62
鳥　谷萩弘人《やはぎひろんど》……126

な

流れ星　最果《さいはて》タヒ……34
なまえ　内田麟太郎《うちだりんたろう》……184
何にでもなれる　坂本京子《さかもときょうこ》……162
眠《ねむ》りの誘《さそ》い　立原道造《たちはらみちぞう》……64
野の花　――イラクの子どもたちに――　菊永《きくなが》謙《ゆずる》……110

は

〈俳句《はいく》〉 尾崎放哉《おざきほうさい》 …… 32
〈俳句《はいく》〉 種田山頭火《たねださんとうか》 …… 33
八月十五日 間中《まなか》ケイ子《こ》 …… 118
花 石牟礼道子《いしむれみちこ》 …… 120
花のうた ハリール・ジブラーン／神谷美恵子《かみやみえこ》・訳《やく》 …… 128
薔薇《ばら》二曲 北原白秋《きたはらはくしゅう》 …… 26
人には 二番ホキありっこねえ 羽曽部《はそべ》 忠《ただし》 …… 78
平和の琉歌《りゅうか》 桑田佳祐《くわたけいすけ》 …… 122
骨《ほね》の雪 文月悠光《ふづきゆみ》 …… 82

ま

魔法《まほう》のことば ～イヌイットの口承詩《こうしょうし》／金関寿夫《かなせきひさお》・訳《やく》 …… 16
水の匂《にお》い 阪田寛夫《さかたひろお》 …… 102
みせさきで 矢崎節夫《やざきせつお》 …… 88
胸《むね》のどきどきと くちびるのふるえと 国分一太郎《こくぶんいちたろう》 …… 94

や

やぎさん ゆうびん まど・みちお …… 46
夕焼け 黒田三郎《くろださぶろう》 …… 60
夕焼け売り 齋藤《さいとう》 貢《みつぐ》 …… 106
喜《よろこ》び ナ・テジュ／黒河星子《くろかわせいこ》・訳《やく》 …… 132

ら

六月 茨木《いばらぎ》のり子《こ》 …… 164

わ

わたしが死ななければならないのなら
リフアト・アルアライール／松下新土《まつしたしんど》、増渕愛子《ますぶちあいこ》・訳《やく》……166

私の詩は世界への私の手紙
エミリー・ディキンスン／水崎野里子《みずさきのりこ》・訳《やく》……20

詩人・訳者《やくしゃ》さくいん

あ

秋元《あきもと》　康《やすし》　365日の紙飛行機　……　174

アルアライール［リファアト］

　わたしが死ななければならないのなら　……　166

石津《いしづ》ちひろ　たいよう　……　18

石牟礼道子《いしむれみちこ》　花　……　120

糸井重里《いといしげさと》　愛されたい。　……　92

イヌイットの口承詩《こうしょうし》　魔法《まほう》のことば　……　16

茨木《いばらぎ》のり子《こ》　六月　……　164

違星北斗《いぼしほくと》（短歌）　……　100

内田麟太郎《うちだりんたろう》　なまえ　……　184

宇部京子《うべきょうこ》　アイダ君へ　……　86

江口《えぐち》あけみ　朝やけ　……　150

エミリー・ディキンスン

　⇒ディキンスン［エミリー］

尾崎放哉《おざきほうさい》（俳句《はいく》）　……　32

尾崎美紀《おざきみき》　いのちのバトン　……　42

小佐野《おさの》　彈《だん》（短歌）　……　51

か

覚《かく》　和歌子《わかこ》　こ・こ・から　……　10

金関寿夫《かなせきひさお》　魔法《まほう》のことば　……　16

金子《かねこ》みすゞ《（ず）》　このみち　……　170

神谷美恵子《かみやみえこ》　花のうた　……　128

川崎《かわさき》　洋《ひろし》　しかられた神さま　……　98

神沢利子《かんざわとしこ》　かわ　……　52

菊永《きくなが》　謙《ゆずる》　野の花　――イラクの子どもたちに――　……　110

木坂《きさか》　涼《りょう》　お父さんガンバレ！

　――コウテイペンギンのこども　……　68

北原白秋《きたはらはくしゅう》　薔薇《ばら》二曲 …… 26
工藤直子《くどうなおこ》　あいたくて …… 40
黒河星子《くろかわせいこ》　喜《よろこ》び …… 132
黒田三郎《くろださぶろう》　夕焼け …… 60
桑田佳祐《くわたけいすけ》　平和の琉歌《りゅうか》 …… 122
国分一太郎《こくぶんいちたろう》
胸《むね》のどきどきと　くちびるのふるえと …… 94

さ

齋藤《さいとう》　貢《みつぐ》　夕焼け売り …… 106
最果《さいはて》タヒ　流れ星 …… 34
阪田寛夫《さかたひろお》　水の匂《にお》い …… 102
坂本京子《さかもときょうこ》　何にでもなれる …… 162
静岡県《しずおかけん》の子守唄《こもりうた》　この子のかわいさ …… 66
ジブラーン［ハリール］　花のうた …… 128
島田陽子《しまだようこ》　おおきな木 …… 142
白根厚子《しらねあつこ》　あり …… 158
鈴掛《すずかけ》　真《しん》（短歌） …… 50

た

タゴール［ラビンドラナート］
あなたは誰《だれ》だ …… 28
立原道造《たちはらみちぞう》　眠《ねむ》りの誘《さそ》い …… 64
谷川俊太郎《たにかわしゅんたろう》　言葉は …… 36
種田山頭火《たねださんとうか》（俳句《はいく》） …… 33
俵《たわら》　万智《まち》（短歌） …… 160
ディキンスン［エミリー］
私の詩は世界への私の手紙 …… 20

な

中川李枝子《なかがわりえこ》　さんぽ……154
ナ・テジュ　喜《よろこ》び……132
野田沙織《のださおり》　とげとげ……62

は

羽曽部《はそべ》　忠《ただし》　人には　二番ホキありっこねえ……78
ハリール・ジブラーン
⇒ジブラーン［ハリール］
ひろかわさえこ　し……14
武鹿悦子《ぶしかえつこ》　きらきら星……146
藤《ふじ》　真知子《まちこ》　青空の階段《かいだん》……180
文月悠光《ふづきゆみ》　骨《ほね》の雪……82
フランス曲　きらきら星……146

ま

増渕愛子《ますぶちあいこ》
わたしが死ななければならないのなら……166
松下新土《まつしたしんど》
わたしが死ななければならないのなら……166
まど・みちお　うたよ！……22
やぎさん　ゆうびん……46
間中ケイ子《まなかけいこ》　八月十五日……118
三島慶子《みしまけいこ》　ことば……30
水崎野里子《みずさきのりこ》　私の詩は世界への私の手紙……20
三角《みすみ》みづ紀《き》　低空……54
三谷恵子《みたにけいこ》　歩く……152
宮沢賢治《みやざわけんじ》　永訣《えいけつ》の朝……72
室生犀星《むろうさいせい》　馬のうた……48

や

八《や》木《ぎ》重吉《じゅうきち》　素朴《そぼく》な琴《こと》……12
矢崎《やざき》節夫《せつお》　みせさきで……88
やなせたかし　紙ひこうき……172
谷萩《やはぎ》弘人《ひろんど》　鳥……126
山中《やまなか》利子《としこ》　あした……148
山室《やまむろ》　静《しずか》　あなたは誰《だれ》だ……28
雪舟《ゆきふね》えま　（短歌）……50
与謝野《よさの》晶子《あきこ》　君死にたもうことなかれ
（旅順《りょじゅん》の攻囲軍《こういぐん》にある弟宗七《そうしち》を歎《なげ》きて）……114
吉野《よしの》　弘《ひろし》　生命《いのち》は……134

ら

ラビンドラナート・タゴール
⇒タゴール［ラビンドラナート］
リファアト・アルアライール
⇒アルアライール［リファアト］
寮《りょう》　美千子《みちこ》　地球はラジオ・グリーン……138

編者紹介

日本児童文学者協会

菊永　謙　（きくなが・ゆずる）

1953年生まれ。詩人。詩集に『原っぱの虹』（いしずえ）など、詩の評論に『子どもと詩の架橋　少年詩・童謡・児童詩への誘い』（四季の森社）などがある。本シリーズではおもに1巻の編集を担当。4巻に詩作品を収録。

藤　真知子　（ふじ・まちこ）

1950年生まれ。児童文学作家、詩人。物語の作品に「まじょ子」シリーズ（全60巻）、「まじょのナニーさん」シリーズ（既刊11巻、ともにポプラ社）、「チビまじょチャミー」シリーズ（全10巻、岩崎書店）など多数ある。本シリーズではおもに2巻の編集を担当。4巻に自作の詩、2巻に訳詩を収録。

藤田のぼる　（ふじた・のぼる）

1950年生まれ。児童文学評論家、作家。著書に『児童文学への3つの質問』（てらいんく）など、創作の作品に『雪咲く村へ』（岩崎書店）、『みんなの家出』（福音館書店）などがある。本シリーズではおもに3巻の編集を担当。

藤本　恵　（ふじもと・めぐみ）

1973年生まれ。児童文学研究者。近現代の物語や童謡、詩、絵本など、児童文学全体に対象を広げ研究をおこなっている。本シリーズではおもに4巻の編集と漢詩の書き下し文を担当。

宮川健郎　（みやかわ・たけお）

1955年生まれ。児童文学研究者。編・著書に『ズッコケ三人組の大研究　那須正幹研究読本』（全3巻、共編、ポプラ社）、『物語もっと深読み教室』（岩波ジュニア新書）などがある。本シリーズでは全体の編集と脚注、詩人紹介文を担当。

ポプラ社編集部

●協力　小林雅子
小笠原未鮎、木村陽香、藤井沙耶、森川凛太

装　画　カシワイ
装丁・本文デザイン　岩田りか
編集協力　平尾小径

JASRAC 出 2500775 − 501

シリーズ 詩はきみのそばにいる④
きみの心がつながりたいとき、詩は……

2025年 4月　第1刷

編　者　日本児童文学者協会＋ポプラ社編集部

発行者　加藤裕樹
編　集　小桜浩子
発行所　株式会社ポプラ社
〒141-8210　東京都品川区西五反田 3-5-8　JR目黒MARCビル12階
ホームページ　www.poplar.co.jp
印刷・製本　中央精版印刷株式会社
ISBN978-4-591-18461-5　N.D.C.908 /214p/19cm　Printed in Japan

落丁・乱丁本はお取り替えいたします。
ホームページ（www.poplar.co.jp）のお問い合わせ一覧よりご連絡ください。
読者の皆様からのお便りをお待ちしております。いただいたお便りは
編者・著者にお渡しいたします。

P7253004